KB080540

물새가 우는 법

금지은 시집

시인의 말

비처럼 늘 그리운 사람

비처럼 늘 기다리던 사람

어쩌면 막연한

그 무엇

사람이 아니라 詩였다

아직 태어나지 못한…

詩를

나는 또 기다린다.

차 례

● 시인의 말

제1부

제3부

제4부

제1부

경계인

털모자를 준비해야 해요
혹자는 색깔을 골고루 넣어 뜨개질을 하죠
한 올도 허락되지 않는 검은 털에게
안녕 마지막 인사를 하며

모로 누워야 잠이 드는 우리는 구름을 부르죠
새벽 산책길은 어김없이
정수리를 밟고 지나가죠
털모자는 꼭꼭 써야 해요
이유는 없죠

꼬박꼬박 약을 챙겨 먹고
식후의 졸음을 즐기면서
자라지 않는 머리털을 기다리면서
통증이 나무늘보처럼 오기를 기원하면서

반쯤은 열려 있는 입 속으로
죽은 아버지가 다녀간 아침이면

침상 끝에 매달린 수액처럼
비가 후두둑 내립니다

누웠던 자리에
빛이 쏟아져도 손을 들 수가 없어
침상마다 옮겨가는 신음에 각질을 떨구죠

혼은 죽어서가 아니라 살아서 입으로 뱉어내는 단내 같
은 것
모로 누워 잠든다는 건 습관이 아니에요
바닥을 견디는 연습일 뿐
털모자 속에 냄새를 가두고
우리는 하루하루 익숙해지고 있는 거죠

산골짜기마다 지친 털모자들이 앉아 쉬고 있어요

주전자

굳게 닫힌 부리를 열고 싶어
당신의 귀를 끌어당깁니다

내 배 위에 당신의 귀를 당겨와 안고 싶지만
마대자루 몸뚱어리라
늘 오른쪽 날개로 배를 가렸죠

매일매일 젖은 둥지를 품고 잠들었어요

물끄러미 들여다보면
끓어올랐던 적이 있었나
웅크린 새 가슴을 퍼덕입니다

긴 부리로 뒤엉킨 털을 고르며
오래 어두워져 있었죠

수많은 새의 눈물을 담아
당신의 심장에 올려놓습니다

서서히 뜨거워지는 온도에

새들은 둥근 그늘만 낳았죠

당신의 둥지에도 있는

구름을 끌어 담아

이제 푹 우려봐요

우리의 귀가 펄펄 끓고 있어요

수많은 그늘이

포로롱포로롱 귀를 열고 날아올라요

두 개의 옷걸이

너는 옷을 벗어두고

점점 너를 떠나가네

가판대 위의 신문처럼 펼쳐진 시간을 거부하고

우주를 떠돌다 귀향한 너는

치마를 잡고 늘어졌지

수시로 사라지는 세상과 대책 없이 나타나는 너

문을 열기도 전에 곁에 있어

이제 너에게도 여자가 필요하군

짚으로 만든 옷을 입는다면 너는 결혼에 성공할 거야

대나무가 추는 춤을 타고 또 다른 네가 와

너를 대신해 울고 웃는 대나무

수많은 하객들이 압축폴더 속에서 축하를 해

하객은 떠나고

소란도 떠나고

구두를 신은 무한한 추측만 옷걸이에 걸려 있네

봉춤

건조대에 매달린 오징어는 입일까 발일까

밤 11시
거꾸로 매달려 너를 본다

오그라드는 다리는
숙성된 입김을 뿜어내고 있다

썩는 것과 숙성의 차이는 한끗,

먹물과 수심 사이
나는 걷고 있다
물기를 지워가며

접었다 폈다 반짝,
발하는 순간
봉에 붙은 빨판이
아랫입술을 꽉 문다

깊은 밤, 나는 걷고 있다

이 봉에서 저 봉으로
지금은 반짝 1초가 수천수만의 시간

손아귀 힘든 길을
나는 걷고 있다

마른 몸이
뜨겁게 구워질 밤

나와 오징어 사이
먹물과 수심 사이
똑 딱 똑 딱

한 손엔 빛
한 손엔 봉을 쥐고

밤 열두 시

오징어가 춤을 춘다

수심에서 버티는 중이다

지상이 봉이었다

객담

가만히 들여다보면
웃고 있는 듯
울고 있는 듯

똑똑 리듬이 떨어진다
이건 박수 소리 음악 소리

이 미친 골방
곰팡이를 삭인
가래를 애써 끌어올리면
바깥에서 들리는 새소리는
음이 되고
웃음이 되고
무대가 되는 변두리의 여섯 평

가만히 들여다보면
환한
불이 자라고

뿌리 자란다

저 검은 곰팡이 속에서
벽면 가득 시를 꽃 피운다

입 벌리면
훅 들어오는 절망이라는 선물

검은 가래에
시를 끌어올려 캬
멀리 뱉어 보낸다

죽은 고양이의 눈

1.

백 년 만의 추위라고 눈보라 휘몰아쳤고
아파트 화단에 방울을 버린 고양이
비린 그림자를 지운다
계단 옆에 서 있는 동백나무 이파리가 떨리고
고양이의 눈동자에 꽃을 피우는 아이들
눈싸움으로 퍽퍽 웃음이 쏟아진다

2.

1314동 402호 남자, 술을 마신다 꼭지 돌도록
노래방에서 못다 부른 노래 집에서 또 부른다
몽고점 엉덩이가 탬버린으로 흔들리고
남자의 손아귀에서 벌벌 떠는 여자가
바닥에 붉은 지문을 그리는 동안
남자의 팽이는 혀를 갖는다

3.

아파트 입구 숨 가쁜 바람이 머리카락을 움켜쥔다
눈은 어느새 발목께로 쌓였다 우두둑우두둑
창문을 깨물어 먹는 불빛들
하나로 마트 정 씨가 난로 앞에서 졸음을 끓인다
택시들은 줄을 서 있고
광장을 쫓아 나온 눈들이 찢어진 속치마 사이로
희끗희끗 쌓인다

어린 고양이 눈동자엔 겨울이 쏟아지고
광장은 오랫동안 발바닥을 물고 놓지 않는다

물새

조개의 숨구멍을 들여다보면
죽은 아버지가 쪼그리고 있다

물가에 둥지를 버린 새
아버지 고무신을 허방의 모래톱에 올려놓고
조갯살을 파먹고 있다

뚝배기에 계란을 톡 깬다 울음을 숨긴 파를 다져 넣고 회
오리로 젓는다 서서히 익으면 고향 모래사장이 펼쳐진다
끼루룩끼루룩 기겁한 물새가 아버지 배 속으로 달아난다
수박이 줄기를 뻗고 물새알이 터 잡은 배 속 꼭꼭 씹어내지
못한 발자국이 수두룩하다
　모두 내가 훔쳐 먹은 것이다 물새 탓이다

너무 일찍 물욕을 배웠다

그 탓에
너를 먹기 위해 꿇었던 무릎에서

부리를 느낀다 콕콕

물새에게 우는 법을 배운다

봉하

룰렛은 돌려도 계속 제자리
너무나 잘 안다고 자신 있게 던졌다

오랫동안 막힌 펜을 어떻게 뚫어야 하나
미디어 연결선은 쥐새끼가 갉아 먹었지 까아만 눈알을
굴리며 구멍에 살고 있는 새끼들
귀엽지 않니? 그것이 이유였지

룰렛 진짜 믿기 싫어
음모처럼 맨날 제자리야 이벤트에 걸릴 확률은 도대체
몇 프로인지
같은 일이 반복되는 역사처럼 발전이라고는 없다

잠시 쥐구멍에 숨겨둘 걸
막힌 펜을 뚫어볼 걸

종일 이어폰을 꼈더니 먹먹해

실마리를 찾지 못해 히말라야를 넘었지
제15호 봉우리에 몰린 등반객들 사이
하늘을 본 사람도 있고
지하를 상상하는 사람도 있지
그 어려운 지하를 다녀온 사람도 있지만
돌아오지 못한

나였다면 편안하게 냉동될 거야

광장의 옆자리에 나란히 누워
너의 귓불에 노랑으로 힘껏,
더 힘껏 불어야 했다

룰렛 다시 제자리
이벤트도 없고 너도 없고

이벤트에 걸려 등반을 즐기는 사람은
가끔 있지만
아주 극소수야

근육들 5

중앙에서 부풀고 있다
내가 아는 중심은 배꼽인데
현실은 세계무대라니 우리 동네 핫플레이스에서조차
나를 모른다

나를 읽기 위해 쓰기 시작한 시가
쓰레기통으로 처박히던 날
수많은 밤을 다시 쓰기 시작했지
밤을 다 읽기 전에
하늘을 헤아리고 그 속으로 손을 뻗어
어루만지면
그 많은 구름이 울음통이라니

언제쯤 이 액체를 다 빼낼 수 있겠니?
십 센티 주사기로 쿡쿡 찔러 구멍을 내어 볼까
아무짝에도 쓸모없는 인간이라고
어릴 적 언니가 뱉은 말이 눈 옆에 점으로 남았지
찔러도 피 한 방울 안 나올 년이라고

배추 한 포기 절이지 못할 짠물이라니

태풍이 부는 밤이라고 일기예보에서 말하는데
내리치는 천둥이 가슴을 때리고 있는데

오늘은 온몸을 열어 비 내리는 날의 천둥을 맞을래
중심을 발견하였지만 내겐 까마득한 먼 길이라

벼락 맞은 떡갈나무로 쓰러져 있으면
나를 알아줄지도 모르지

중심이라고

근육들 2

병원 바닥에 우르르 쏟아 놓은 햇감자
밀양을 키운 낙동강은 아버지를 키웠다

발목까지 빠지던 모래밭 속으로
족보만 찾던 당신은 뿌리 작물만 사랑했다
그 전리품을 회사로 들고 왔다

온 세포들이 들썩이고
곱슬한 털들이 가시처럼 일어섰다

흙빛 애인은 이 빠진 옥수수와 당뇨에 좋다는
감자로 야위어 가는 중인데

씨알 굵은 감자를 말끔히 씻어 솥에 안친다
옥수수 몇 개는 덤

포슬포슬한 근육이 버짐으로 피는 아버지

태풍에 가뭄에 펀치를 얻어맞은

혹이 혹을 낳고 혹이 불편한

가계는 뻐근하다

당신은 멀리로만 흐르고

볼록한 무덤은 햇볕에 자라고 있다

Swelling*

땅을 분양하려고 해
가져보지 못한 땅이라
꿈은 커
내 꿈을 키우는데 누가 뭐라고 해?
튤립 통장에 꽂아 놓을 거야
모스부호처럼 이자가 붙겠지?

땅이라고
잘 진열해놓은 딸기가 되지 말란 법이 있니?

혈관이 좁다고 말을 하지만
사실은 유령 숫자를 가지지 못했거든, 억수 같은

나는 자주 깊이도 모를 만큼 퉁퉁 부어 있기도 해
사는 게 그리 간단하지 않잖아
돌부리든 뻘구덩이든 분양하는 건 식은 죽 먹기야
뭉툭한 팔을
이제 분양하는 건

살면서 한 번쯤 고개 빳빳이 들고 싶거든
튤립 몽우리를 바둑판처럼 다 꽂을 거야.
너의 툭진 팔뚝을
알코올 솜으로 깨끗이 닦으면서

아니 웬일이니?
감각이 죽었어?
눈이 멀었니?
도대체 여기가 어디라니?

지하에 꽂은 거야?
숨 한번 쉬려 했더니 세상에
땅속이라니

그래! 우리 무덤처럼 살아 있자

* 부어오른 곳.

풍선

나는 한 번도 불어본 적 없는

숲으로 들어갔어요
로라반*을 삼킨
나무에 매달은 풍선

폭력은 부드럽죠
익숙해서 슈크림 같아서

이정표도 없이
숲길은 끝이 보이지 않아요
폭설이 닥칠까 봐 벌벌 떨며
벌이 날아올지도 모르죠

알약이 울대로 넘어가는 길이
덜컹거릴 때마다 풍선은 커져요

당신의 그늘이 되는 나무를 모르고

뿌리로 걸어가는 나를 모르고

한껏 부풀어 오른
유년을 빨아올리고 있어요

누가 불었을까요
터진 유년

* 수면유도제.

명자꽃

사천에서 케이블카 타면서
오늘은 바다만 보고
산만 보고 너만 보기로 했다

네게 찾아온 그놈은 잊기로 하자

노을과 구름을 눈에 새기고
초침이 걷는 방향을 우리도 걷는다

매미 소리가 너의 머리카락을 잡아 뜯고 있다

밤에도
낮에도 심금을 할퀴는 울음을 듣는구나

너의 신음에 밤은 깊어 가고
통증은 꿈속까지 찾아와 괴롭히는지

발자국마다 떨어졌다던 검은 털이

땅에서 자란다

얼마 후 붉은 꽃이 피고
너무나 붉어

너의 꽃으로 명하였다

제2부

녘*

아이구메 어지러이
여가 어딩교?

360도 팽그르르 돌던
벨르타워에서
노모의 첫 마디다

누군가 엄마를
돌려놓았다

지금 어디쯤일까

천천히 돌아가는 이 허공을
바람은 세게 부딪히며 지나간다

어디로 가는 걸까

벨르타워는 어느 순간 제자리를 찾는데

엄마는 몇 바퀴째 돌고 있을까

꽃노을이 서쪽 바다로 빠지면
불기둥으로 서 있는

녘,

엄마는 어디쯤 가고 있을까

* 통영 더벨르타워 카페 이름.

브로치

우린 매일
장미 밖으로
걸어 나갔지

붙였다 떼고
붙였다 떼고
가슴 위치를 바꾸며

오후 두 시 푸른 잎이
담장을 뚫고 나왔어

자물통이 달린 꿈속 상자에는
다섯 시가 매달려 있었지

너와 나의 불안은
계절을 태워 나갔어

이제 블루 사파이어와 위치를 바꿀 시간

심전도는 달리고 있어

너를 붙이고

끝까지 가보는 거야

어둠은 절대 빛을 이길 수가 없잖아

어처구니

서상동 지석묘*

위에

송공순절비가

서 있다

누가 올려

놓았을까

참 어처구니없네요
이게 맷돌인가요

세상을 다 올려놓고 돌려도 될 듯하지만
이건 맷돌이 아니라니까요

나를 괴어 놓았나요
나를 받쳐 놓았나요

머리에 뿔 난 듯이
돌멘은 송공순절비를 이고 갈 수 없잖아요

내 깊은 청동 잠은 어떻게 하고요
이 어처구니는 어떻게 하고요

맷돌이 아니라 고인돌이라니까요!
아니 도대체
누구의 시대를 돌리고 있나요?

썩 내려오시라고요!

* 경남 김해시 서상동. 경남기념물 제4호. 규모는 덮개돌 길이 460㎝, 폭 260
㎝, 두께 115~140㎝이다.

근육들 1

한때, 이별을 경험한 나는
아직도 해독되지 않는 문장을 쥐고 있다

물을 가르면 내 한쪽에
몽돌이 박혀 있다

부서지는 포말을 헤아려 본 적 있니?

사랑이란 관념어가 헤아릴 수 없는 해변의 몽돌처럼
다가온다

무수히 무수히
내 안쪽을 향해 걷고 있는 당신

거뭇한 몽돌의 몸돌,

서로를 파먹은 근육들이
기억의 모서리로 달아날 때

귓속말로 피어나던 옛사랑이 부서진다

자르르

자르르

할미꽃

벚꽃이 환해요
저승꽃도 환하고
이 저녁도 환해요

머그잔에 담긴 할매는 오늘 밤이 길기만 하다는데
작년에 벚나무에 매달렸던 다리 때문인가 봐요

꼭 하루 한 번 천둥이 내리는 아파트에는
벚나무도 번개도 임대라네요

귀고리를 따라 걷는 이들도 미로를 걷기는 매일반,
모두 난청 역이 되어 마당이 쩌렁쩌렁해요

헛둘헛둘 저녁 삼아 하는 운동이
폐지 줍는 일이라는데
대패삼겹살은 언감생심 꽃 나팔입니다

한 잎 벚꽃이

한 생이라면

나도 저처럼 환해질래요

정거장도 없는 난청 역이라니요

생각만 해도 깜깜해요

자주 환한 웃음이 피어요

할미꽃 저녁이에요

골절

골목길에서 쇳소리가 난다
연초부터 골목길은 해체되고

소문엔 예산을 버리는 거라는데

더디게 떨어지는 링거 속의 방울들
많은 안부가 빠져나간 병실에선

긴 밤이 진행되고
해체된 골목에선 아스콘이 깔리고

며칠을 머물까 나는,
일 년을 채우고도 모자라
아직 기웃거리는 바이러스는

긴 밤
긴 낮을
익숙하게 가둔다

더디게 떨어지는 링거 방울

더디게 아무는 좁은 골목길

갈비뼈에서 자꾸 빠져나가는 바람 소리

설날이다

바위 잠
— 장수발자국

당신, 오래 외로웠죠

검게 묻힌 당신을 내 입술로

깨울게요 벌떡 일어나봐요

신혼 방이 필요한가요

당신에게 내 혀를 드릴게요

가난한 무덤 속

내 심장을 드릴게요

바람의 꼬리에

발랄한 구름을 달아 봐요

목젖은 저 멀리 달아나요

당신

잃어버린 이름은 새로 구입해요

많고 많은 이름이

시장에 널렸어요

검은 흉터에

화장발이나 먹힐까요?

여전히 묵묵부답이네요
지독한 잠이네요
아니아니 뜬구름 당신은
구덩이에 흔적만 남기고
날아갔네요
하늘 담은 한쪽 발에
내 얼굴이 빠져 있네요

누군가 민들레 홀씨를 지평선에 뿌렸습니다

국경으로 가는 총알택시를 탔어요 권총도 없이,
사실 꽃처럼 피는 뿌리가 무기였죠 누구에게나 옮겨 타는,

신천로 교회에 뿌리고 김밥천국을 지나 데빌리너스* 피
시방에 뿌리고 지평선 너머에 뿌렸던 씨앗입니다.

주의사항이 있죠
뿌리를 주의할 것, 태양 주위의 광채를 조심할 것, 가벼움
이 치명적인 것,
무채색의 씨앗은 깊습니다. 깊은 것들은 가슴을 치는 습
관이 있습니다.
계절은 나쁜 쪽으로 한 뼘씩 자라고, 희뿌연 습자지처럼
잘 찢어집니다.
고요한 비행 예감이 따라 들어왔습니다.

너를 지정해서 뿌리를 내렸지요 쓴맛이 나는 씨앗으로요.
이따금 죽다가 화들짝 씨방을 낳고 옮겨 가기도 합니다.

오래 들여다보면 침묵이 핍니다 가시입니다 느린 성장을
지지합니다

나는 가벼워서 가벼워서 유목형입니다. 혀가 조금 썩었
어요, 매일 너의 얼굴을 지우고, 너의 그늘은 만들고,
　씨앗을 두드리면 지구가 들썩입니다.
　문득 백신이 온다. 나는 죽어야겠다고 폐부에 새깁니다.

　몸 깊은 여기에선 시끄러운데
　지구는 조용하다는 전갈입니다.

국경 너머엔 홀씨들의 천국이라는 소식도 있습니다. 마
주 보는 것이 죄입니다. 마주하는 전쟁입니다.

　데빌리너스 피시방을 지나옵니다 신천로를 지나고,

** devil in us. 천사와 악마가 공존한다는 뜻.

방역

소통이 탈주를 꿈꾸는 시간

손을 마주한다
라텍스 건너 전해오는 봄의 기운
코와 입과 광대뼈를 지우고

눈빛으로 전해오는 이야기

뜨거움도
차가움도
다 눈동자에 있다는 것을

세상의 경계
방역의 벽 앞에서

비로소 알게 된다

주공아파트 109호 함안댁

문출*은 나를 사랑한다

가족이 반대해도 혼인을 했고
오빠가 무지개를 타고 올라
회색 비늘은 칼날이 되었을 때도
문출은
뱀처럼 친친 안아 주었다

뱀 구멍에 축축한 그늘만 쌓여갈 때
그는 점점 더 옥죄여 오며
싸늘한 혓바닥으로
숨구멍을 물어뜯었다

유년은 집 나간 엄마를 대신했고
청춘은 목덜미를 덥석 물었고
아들을 꽉꽉 씹었다

풀 옵션이었던 원룸에

압류 딱지가 붙는 날도
숨 막히도록 깨물며 사랑해 주었다

너는 멀미였고 폭력이었고 깊은 바다였다

전 생애를 통곡하던 문출은
나를 너무 사랑한다

* 경남 지방에는 "문출래복"이라는 속담이 있다. 지독히 복 없는 사람을 일컫
는다.

능동 석인상*

눈이 뽑히고
귀가 잘려도
어금니 꽉 깨물고
앞으로 간다

번개가 오빠를 데려가고
천둥에 아버지를 묻어도

어깨에 가득 쌓인 울음을
먼지처럼 툭툭 털어내고
저벅저벅 걸어갈 것이다

어두운 시간을 허리에 묶어 둔
바닥에 뿌리내린
내 이름을 뽑아서
삼문동 네거리에 걸어둘 것이다

* 경남 김해시 삼문동 산 49-2에 위치한 유형문화재 제71호로 지정된 묘지 앞의 석인상. 홀을 든 문인상, 사대부 묘라고 추정할 뿐 기록이 없는 '무연고 묘지'이다.

보쌈

온탕에서 푹 삶긴 당신을 건져 올린다

새벽은 공중탕 낡은 소파에 앉아 있다
증기 속으로 입장하면 둥근 돼지탕
남몰래 애끓는 뿔만 키우는 돼지들

월계수 한 잎만 가린 당신은 익숙하게
때 타월 끝에서 시커먼 뿔을 뽑는다
식혜 속 밥알처럼 발목만 담근 채
손바닥을 탁탁 치면 우수수 떨어질 것 같은

육순

물비린내 뿌옇게 우려낸 시간
살 익는 냄새가 나고
안개 자욱한 뿔만 뽑다가
쭉쭉 밀린 근성은 하수구로 사라진다

목욕탕 구석자리 술판이 벌어지고
허옇게 부풀어 오른 여자들
수육 보쌈을 우걱우걱 씹고 있다

물컹하게 삶긴
기름 쫙 빠진 한 점이
쌈 속으로 들어가고

빛의 속도로 보쌈 당하는 육순

열대어 진료소

대기실 카펫에 고수, 커리, 칠리페퍼, 핑거루트, 향료의 씨실과 날실이 날개를 꿈꾼다

곰팡이 부대가 몰려와요 쿨럭쿨럭 무찔러야 해요 깜깜한 엉덩이를, 주사 한 방으로 곰팡이 부대를 무찌르지요 생전 구경도 못 해본 주사, 견고하던 수족관이 흔들리고 색깔을 잃기도 하죠 그러나 골조는 변함이 없어요 열대어들이 하나둘 날개를 짜고 있어요 촘촘한 비늘 때문에 가끔 수족관은 게거품을 일으키기도 하죠 만국기를 꿈꾸며 날아오르기 위한 날개를 꿈꾸며 이 수족관에서 이 작은 나라에서 날개를 꿈꾸다니요? 훌륭하지 않아요 이 깜깜한 엉덩이에서 실크와 냉장고와 운동화를 선물하다니요 대단하지요 지느러미로 색깔을 입혀요
화려한 수를 놓고 저녁은 쥐눈이콩으로 해요 오드드득 씨실과 날실이 페어지는 저녁이에요
이런 날이면 고수 향이 바람으로 날아오죠

새, 십자가, 전갈, 해, 별이 날개를 펼치고 있다

유목의 매듭은 붉은 색깔,

구름을 횡단하는 긴 행렬을 본다

강

강물은
자꾸 아래로 가서,
늙는다

언니와 함께
퍼 올리던 푸른 물결도
흘러가서 오지 않는다

나도
언니도
엄마도
휘어진 낙동

강물만 남았다

제3부

헤베 꽃

구멍에서 날름거리는 혀를 본 건
헤베 나무가 서서히 꽃을 피울 무렵이다

장례사가 옷을 하나하나 벗겨내자
그녀의 팔뚝엔 뱀 한 마리 앉아 있다

우기가 시작된 전등에는 비가 내리고
흔들리는 나뭇가지에 맞추어 곡소리 길게 늘어진 복도
장례사는 뱀을 꺼내어 입술을 축이며
습기襲器에 담근 솜을 불끈 짜서 지난 시간을 닦는다

살모사의 영역은 의외로 넓다
수백 마리 알을 품은 돌기가 탄식 위에서 춤추면,
뱀은 혀의 속도를 더 높인다
돌진하듯 일순, 몸 밖으로 기어 나와
스르르륵 목도리처럼 휘감으며
입속으로 기어들어 간다

축축하고 현란한 몸의 늪

살[肉]의 분자는 늪지대만 기억할 뿐

바닥을 기는 형식은 돌아보지 않는다

구멍의 표면이 습기로 찢어지고

수상한 비행은 멈추고

그녀는 남자 혁대를 입에 물고 있었다고 했다

흐느끼는 빗소리가 영안실을 메우고

염을 하며 스으윽 문지르는 그의 눈동자,

뱀 구덩이는 수의 속으로 사라진다

장례사는 함부로 기어오르는 뱀을 꾸욱 밟는다

벚꽃

온몸이
달구어진 가마솥이다
화목병원 응급실,

창밖 벚나무에는 불안의 몽우리들 매달려 있네

길 가던 개가 컹컹컹 짖는다
곧 터지겠다

응급실 전구는 내 혹처럼 단단해 보이고
불면이 쭉쭉 뻗어가는 가지에는
붉은 눈 멍울들

고통은 좁은 길에서 태어나니까
통증은
계절마다 찢고 나오는 불면의 노래였네

의사는 말하네

유행은 해마다 바뀌고
혹은 꽃망울이었다고

살아야겠다는 굳은 결의는 이럴 때 허물어지네

창자 깊숙이 물고 있던 혹은
밤새 튀겨진 불안의
꽃, 팝콘이었네
벚꽃이었네

눈 뜨니 세상이 꽃밭이네
지천에 향기네

서김해 IC

오월 초입에서
아버지가 걸어오시네

줄줄이 밀리는 이팝나무,
그 흰 꽃 속에서
고속으로 가신 아버지가
걸어오시네

흰 두루마기 휘날리며
내게로 오시네

온통
흰 꽃 핀 머릿결
죽어서야 비로소 환해진
아비의 얼굴

이팝나무가 걸어오시네

행성 유치원

— 누가정신병원

굳이 줄을 서야 할 때가 있지요

스테인리스 식판들이
붉은 눈을 달고 지우개를 들고
빛깔 고운 알약들 따라 줄을 서요
물컵은 억척스럽게 달라붙죠

구속은 둥근 원형으로 오나요

낡은 그림자 하나둘
무리 지은 행성으로 파고듭니다

아버지도 그랬죠
평생 터지지 못한 울음보를 위해
핏발을 세우며 기어들었죠

공복의 기억들만 중얼거리는 요양 행성

미끄러운 파랑이 얼어붙어 있고
흔들리는 노랑이 오줌을 지리고
아래로 쿵덕 처박히는 빨강이 있는

무지개를 볼 수 있는 건 행운이죠

단단한 철문 속에서
녹슨 근육을 만드는 거
지린내로 발목을 키우는 거
아주 간단하죠

궤도를 유도하는 의사 선생님은
색종이 인형을 만들래요

양 한 마리 양 두 마리 초원에 세우면
잠든 등으로 번지는 서로의 기울임,
행성은 비로소 고요해지는 순간이 되죠

지구 난간을 붙잡고 양을 불러내던 아버지

끝내 납골당 1404호에 앉아

아직도 궁씨렁궁씨렁

씨불고 있죠

분만실을 밀고 나왔다

천국의 문을 노크한 스물이 분만실에서 열렸다

삼분의 일은 내가 낳고
삼분의 일은 내가 받았다
삼분의 일은 엄마의 힘

1,928명의 아이를 내가 낳았다
알까?
내가 힘쓴 일에 대하여,
내 쇄골이 우주를 들어 올렸다는걸,

덜컹거리는 관절을 끼울 때마다
그 아이들
결혼은 했을까?

내가 보탠 우주에 작은 우주 하나 더
태어나기나 했을까?

쉰다섯에

분만실을 밀고 나왔다

연골이 떨어져서야

비로소 밀고 나온 천국일까 천 개일까

그 아이들,

우주를 끄응 들어올려야 할 텐데

궁금증이 어른을 만들고

분만실은 눈 감고 입을 닫았다

그 자리마다 실버타운이 하얗게 세워져 있다

포도 한 송이

웃고 싶은데 양말은 젖어 들고
어릴 적 깨물었던 땡깔 울음을 입속에서 듣는다

뱅글뱅글 염주를 굴리는 저녁기도,
포도알 속 굴레를 씹어 삼키는 주문을 외운다

해를 보며 자라는 조롱눈은 감기질 않고
검은 속을 오물거리면
딱딱한 씨앗이 와그작 잠을 깨운다

자꾸 졸리운데

아는 얼굴들
똑 닮은 것들이 종종종
염주 알처럼 기어 나와
물컹물컹
울음 꾸러미로 자란다

매일매일 꾸러미의 씨앗들이 익어가는 계절
목울대를 뽑아 허공에 매달고 싶은 계보들

네게도
내게도
물컹 시큼한 생이 여물어 가는

염주를 눈알처럼 굴린다

비상

물을 마시던 남자의 보일러 배관이 터졌다

일요일 아침
긴 통의 주름진 몸을 본다
뚱뚱한 몸통에서 아코디언 음률이 들려온다
지하에서 접었다 펴기를 수없이 연주했을 손가락
힘을 다해 두드렸을 남자의 건반을 생각한다
그의 풀어진 눈동자에서
옥구슬 소리가 난다

매캐한 냄새를 몰고
훅 불어오는 바람

겨울이 길어질 것이라는 뉴스와
최대의 혹한기라는 증언이 계속되고

남자가 쏟아낸 진탕 물을
딸이 받아먹고

젖은 하루를 자라는 척 자란다
익숙한 듯 자란다

물 보충 키가 깜빡거릴 때까지
날개를 쉴 새 없이 파닥거렸고
바람을 밀어 넣으며 건반을 두드렸고
손가락을 잡으면 켜켜이 쌓이던 날개

바둥거리는 날갯짓에
구슬픈 음률을
딸은 오래도록 듣는다

얼룩진 아코디언을 연주하며
오랜 겨울을 견디며

젖은 흰 날개를 위해
딸은 보일러를 켠다

세입자

아직 준비하지 못한 것들이 많은데

세상의 반만 보이는 창문 틈에
담쟁이 비집고 들어오더니
비까지 침입했잖아

이후

뿔 달린 풀이 번지는 거야
뛰는 토끼
달리는 얼룩말
날아오르는 철새까지

없는 게 없고 있어야 할 건 없어

철새가 흘리고 간 젖은 발자국을 보면
물기 머금은 웃음만 나와

뿔이 나오려는지 목젖이 가려워
그땐 초원을 달리는 얼룩말을 상상하지

얼마나 다행이야
저 벽지를 순한 초식동물의 풀밭으로 만드는 게
그늘진 울음만 가득한 반지하

모두가 밤을 준비할 때
막막 자라던 어둠이 잠시 멈추는 지금은
오후 다섯 시

불을 피운다
뿔을 키운다
저 검은 초원의
토끼풀 속에서 네 잎 클로버를 따는 일은 행운

문을 열면
포로롱 날아오르는 철새를 위해
새집을 준비할 거야

근육들 6

손님들은 스물다섯 번째 밤을 추가합니다

달 위에 무 상추 깔고 엉덩이를 올리며
잠을 깨우는 둥지에선 이모하고 불러요
민물회촌 좁은 주방엔 여왕개미
실시간으로 특급 초음파를 보냅니다

더듬이가 빠진 이모는 비늘을 빡빡 긁어내죠
등 굽은 은하 물고기 대가리만 탕탕 자르고
여왕개미허리에 꽉 잡힌 정이는
동그란 눈만 뻐끔거려요

주방장님 칼끝에서
꽃살 점이 숭숭 배어 나오고요
회촌 공장은 돌고 돌아 살[肉] 춤추고요
칼춤 뒤에 뽑혀 나온 내장들은 뒷마당에 수북합니다

비린내를 긁어내는 개미들의 손톱 밑엔 빛더미만 쌓이는데

바다로 돌아간 잉어 이야기도 있어요

보살계 받으러 떠났다는 설을 믿을 수는 없는데요

민물고기 하나 뱃속에 비린 구름입니다

곧 12월

긴 잠 속으로 개미들이 민물고기 하나 끌고 갑니다

백야

너를 통증이라고 분류한다

푸른 실핏줄이 터질 듯 솟아 있다
잔기침에도 너는 흔들리고

굳게 잠긴 서랍을 망치로 내려친다
어지럽게 널린 방바닥에
무릎 꿇어 걸레질을 하면
일어설 수가 없다

한 바퀴 돌고 돌아도 바닥

그 차고 단단한 계보를
느낄 때 북극을 상상한다

나는,
너도,
이 빙판에 언제쯤 익숙해질까

바다 깊이 처박힌 이곳

북극곰이라도 안고 뒹굴고 싶어

까매진 무릎을 박박 문지른다

아픔보다 견딜 수 없는 건

일어설 수 없는 거다

저 백색의 빛들

희다 못해 시퍼런 빛들

하염없이 투명한 빙폭 같은 통증

부드러움 그 위로

빛이 아닌 빚만 내어 주는 바다

커튼콜

피라미드는 한 번도 입을 벌린 적이 없다

너의 예쁜 부리는 말린 혀를 갉아먹고
구름만큼 흘러온 말들이 사막에 뿌려지고 있다

하얀 모래
곱슬머리
로힝야의 눈동자에게 부끄러웠다

체위를 바꿔가며 무덤을 만드는 역사
불끈 쥔 주먹은 온기를 버리고 있는데

낙타보다 양 한 마리 키우지 그랬니?

바람이 불었고
발자국은 지워지고
마주보기 힘든 계절이 다시 건너와
둥근 지구본을 만드는데

날개 잃은 너는
박수 소리 들으며 천천히 닫힌다

무대엔 흰 국화꽃이
우리의 울음만큼 쌓이는데

피라미드야
입 벌려 꽃을 물거나 입을 닫거나
그건 슬픔이네

방생

우리는 불안을 헤엄치고 온 맨발의 부족이야

허공을 몸부림치는 긴 몸뚱아리들
살기 위해, 살리기 위해,
술렁거리는 바다로 내몰았어

포식자들은 허공을 맴돌았고
파도에 밀려 맨몸으로 떠난 장어
기도는 무르익고
지평선 너머에서
포탄 소리 총소리 파도 소리 염불 소리 일체가 되는 소리

그 찰나!
부리에 매달린 긴 몸뚱어리가 버둥거리며
바다로 툭 떨어진다
서로가 팽팽했던 몸부림

공중에서 일어난 순식간의 일이었다

전쟁터에서는 납작 엎드려야 해
정확하게 쏘고 빠르게 튀어야 해*

내가 등을 보일 때 너는 더욱 허기지다니
나무랄 수 없는 자연스러운 일이야

미완의 불안에 흔들리는 나약한 기도여
먼 곳 배고픈 아이에게 한 끼가 되고
우리에게는 신발을 다오

* 드라마 〈미스터 션샤인〉 대사 인용.

나비

　당신에겐 자꾸 발목을 빠트리고 싶은 눈동자가 있지요 파리한 입술이 치명적이라 바람의 기술은 필요가 없어요 어쩌면 숙주가 필요한 구름의 질문에 심하게 흔들리는 때 깔 좋은 머릿결이죠 그런데 뭐죠? 갑자기 바람이 세게 불어와요 절룩이며 너무 멀리 뛰어왔어요 무엇보다 길가의 꽃들이 빤히 쳐다보잖아요? 꽃만 바라보는 우린 모두 애꾸눈이죠 이제 걸음을 천천히 옮길래요 뒤꿈치가 빠지는 모랫길은 날개를 닮았거든요 무게의 중심이 왼쪽 다리라 오른쪽 신발은 필요 없어요 집에 불이 난 이후였어요 버리기엔 아까워 내 등에 묶어 다니긴 하지만 비가 억수같이 쏟아지는 날 풀어서 신어 보려고요 공기가 심하게 무거운 날엔 그것도 무겁거든요 보이지 않아도 무게는 바닥에서 느껴지거든요 내일은 비가 온다는 일기예보여요 그래서인지 눈이 침침해요 글자가 비틀거려요 몸에서 안개가 스물스물 기어올라요 신발을 풀어야겠어요

　오른쪽 발자국을 얼굴로 삼았어요
　반으로 접힌 종이 한 장만큼 가벼움이죠 사는 건

제4부

멍키스패너

숫돌 위에 그녀가 조여 있고
그는 낫을 간다
핏발선 초승달이 그의 등을 쭉쭉 빨아올리면
나는 손뼉을 친다

기계들의 반란이 시작된다 경운기는 멈추었고 체인이 끊
어진 자전거는 엎어지고 붉은 눈은 쥐불놀이를 시작했다
분내 풍기던 그녀가 도회로 떠난 후 그는 쇳소리를 자주 질
렀다 마당에 풀들이 내 키보다 높이 자랐고 마루에 걸레는
마른오징어처럼 배배 꼬여 갔다

겨울이 시작되면서 자전거는 다시 구르고
쥐불놀이는 멈췄다 두꺼운 누비이불에는 오래도록 분내
가 피어올라

내 연골을 씹어 먹었다

덩달아 물동이를 이던 목울대에서 찌릉찌릉 자전거 소리

가 울리면

　역겹던 분내가 그리웠다

　아버지

　덜렁거리는 내 목은 누가 조여 줄 거야?

근육들 3

끌며
밀고
오는 사이

혼자 걸어본 적 없으므로

리어카를 끌고 가는 당신과
리어카를 밀고 가는 오빠를
포롱포롱 보다가

오빠야, 니 팔뚝은 와 무 같노?
가시나가 오빠보고 뭐라카노? 콱 마!
와? 또 때릴라꼬? 때리바라 때리바라

집으로 돌아오는 길
쑥 뽑아 올린 땅콩은 쿨렁거리고
리어카는 자주 삐거덕거린다

길옆 감자 꽃잎들 흰색으로 나풀거리고
무밭에 무는 제법 여덟 살,
내 다리통만 하게 자랐다

너는 쪼그려 앉아 쫑알거리며
뚫어진 등판을 측은히 바라본다

발끝에서 서서히 저려오는 무릎에
가만히 견디며 바퀴 소리를 듣는 것

바다에서 건져 올린 우리는
닮은꼴로
바짝 말라가고 있다

피보다 진한 땀이 지붕에서 흐르는 저녁

눈 내리는 덕장이 웃고 있다
눈송이는 조용히 황태 아가리 속으로 뛰어들고

날 밝으면 장에 가야 한다

눈 감아라

달을 훔친 아내

발목 위로 바퀴가 지나간 남자가 울고 있다

어린 남매는 밥알이 말라붙은 거실을 뒹굴고
옷들은 뒤엉켜 흩어져 있다

남자가 오랫동안 비웠던 자리
새가리가* 우글거리고
남매는 머리를 벅벅 긁는다

남자는 서둘러
아이들을 무릎에 눕히고
머리카락 사이에 손을 넣어 아내를 잡아내고 있다

영정 속을 뛰쳐나온 아내는
아작아작 달을 씹고 있는데

거실이 깜깜하다

* 서캐의 경상도 사투리.

하안거

하얀 시트 위에서 서로에게 물들며

여름 내내 사랑만 했다

털은 풀처럼 수북이 자라 주정꾼처럼 쓰러지고

사과 알이 여름으로 배를 채울 동안

시트엔 투명한 얼룩이 번졌다

알약이 낳은 후유증이 심각했지만

사랑은 한 줌의 알약보다 가벼움

어떡하나 돌이 날아와

빙글빙글 햇빛이 날 용서 못 할 거야

털 뒤에 숨겨진 구름 같은 속살이 너라면

포슬포슬 젖어가는 너를 버릴 수 있을 것 같다

너는 사랑만 하다가 사마귀에게 머리를 먹힐 거야

어쩜 너의 후유증이 나를 먹어버릴지도 몰라

어떡하나

너무 세게 당겨서 연줄이 끊어질지도 몰라

그러면

난 그리워만 하다 사과처럼 붉게 물들 거야

너는 오던 길을 되돌아가고

나는 여전히 흰 시트 위에서 잠들고

함성

꽃들이 물결 일으킨다
통곡처럼
울분처럼
자유처럼
독립처럼
음악처럼

파도는 습관이다
투쟁이다
호흡이다
전쟁이다
방식이다
표현이다

바람도
짐승도
나무도 그럴 때가 있다

꽃물결 일으키는
1000℃ 불은 다르다

함성이다
음악이다
자유다
통곡이다
울분이다

뼈의 목록이 불구덩이에서
탄생하는 순간이다

행성 1

개나리꽃 지고
아카시꽃 피는 밖

비 온다

행성은 점멸등이고
곳곳에 쿨럭이고 뒤척여

뜨겁다

이 차가운 비
이 뜨거운 행성을 가만가만

쓰다듬으니

이 환자들
정신이

평온하다

고요롭기를
비가

다독인다

담석증

엄마의 외도는 길었고
저주는 내 몸이 받았다

집 앞의 포플러 나뭇가지에 구름이 층을 이룰 때쯤
허기는 시작되었다
그때부터 구름을 우걱우걱 삼켰다
방울토마토처럼 짭짤시큼했다

포만감을 느낄수록 통증은 심해지고
그럴 때마다 5그램의 몸무게가 늘었다

멸치도 시금치도 못 먹었는데
돌이라니
5센티의 돌을 세 개나 보이며 의사는 말했다

 구름을 삼킨 탓입니다 구름은 삼키는 게 아니라 기억하
는 것입니다

새가 되었다

가벼워졌지만

하늘을 날지는 못했다

나비 이사

바깥이 궁금하다 귀를 화들짝 열고 쿵쿵 벽을 당긴다

웅크리고 있던 시간에 대한 예의는
신호를 보내는 것

꿈틀거릴 때마다 퇴화의 문양이
끊임없이 새겨진다

숨을 거둘 때까지 싸워야 하는 기록,
하나의 주름에
한 생을 접어두는 한 호흡 같은 것

단단한 돌이 되기 위해 몸에 지퍼를 채워야 한다
양쪽의 팔꿈치가 서로 포개질 수 없듯이
혀끝에 핀 선인장

난 사막으로 간다
마땅히 돌아가야 한다

접혀서 굳어지는 이 몸이 다시 살아보기 위해서

그동안은 거짓이었다

야채 장수 김 씨

허공에서 뒤꿈치가 바둥거린다

어두운 벚나무 기둥에 환하게 매달린 남자
바람에 흔들릴 때마다 꽃잎 떨어져 암호처럼 덮였다

희게

아이들은 '사랑해'로 읽는다

벗은 팬티는 책상 위에 올려놓고
마지막을 무명옷으로 갈아입은 남자

아이들은 야채 장수 김 씨를 벚꽃으로 오독한다

멀리서 핏대 올린 그의 목소리가 스피커 속에서 울린다
터럭 가득 야채 꾸러미 싣고서 이 골목 저 골목 누비던
한때

벚꽃들이 아이 울음처럼 터지고 있다

이 골목 저 골목에서 목이 터지도록 핏대 올리며 꽝꽝

염치廉恥

엄지와

검지가

잘렸다

수없이 울었다

엄지와

검지를

끼웠다

부끄러워 울었다

꼭 맞을

때까지

아팠다

눈물이

함정이었다

바퀴

오늘도 부비부비합니다

서로의 등에 털 고르기도 합니다

이 포근한 등이 그녀의 버팀목입니다

이 따뜻한 등이 싸늘히 식을 때도 있습니다

그때는 터널 속으로 숨어 버립니다

그리고 오랫동안 코도 보이지 않습니다

그러면 꼬랑지 내린 그가 슬금슬금 다가옵니다

엉덩이부터 쑥 내밀고 날개를 푸드덕거립니다

그녀는 저 날개를 너무 좋아합니다

그걸 잘 아는 그는

또 부비부비합니다

그 부부 참 배알이 없다 싶지만

그렇게 모서리를 깎으며 삽니다

폭빙

감미로운 소리로 스며들었다
망치가 손에 들려지기 전에는

거꾸로 하는 체위는 재미없다
허연 사무침이 뼛속까지 채워졌거든

물의 궁전에서 소박하게 태어났지만
광기 어린 불빛에 너를 저주한다

예쁘게 조각해주세요 꽃이 되고 싶어요
캥거루가 되고 싶어요 주머니를 갖고 싶어요

꽃도 캥거루도 되지 못했다
주머니도 갖지 못했다

칼끝에 떨어진 결빙의 순간들이
내 혀에 녹아들면 얼음이 된다 전염병처럼

잡아줄 수 없는 전염병, 무섭다

열꽃이 피지 않아도 너에게로 스며든다는 것

새의 발명

나의 둥지에서 가만히 누군가를 건디는 일

내 날갯짓이 내가 아는 비행으로 순조롭게 날아갈 때까지

잠시 부리를 멈추는 일

나는 잠시 움츠리고 있을 뿐

바람의 흐름은 내가 바꿀 수 없는 일

그 바람 속에서 바들바들 떨고 있는 일

어두운 것이 날아와서 다시 어두운 것으로 바뀔 때까지

잠시 털 고르고 내부를 비출 뿐

바람은 바꿀 수 없는 일

(적막이 눈에서 지루할 때)

내 몸이 얼었다고 상상해볼까?)

모르는 날갯짓이 흘러와서 조금씩 빠져드는 일

내부를 비추던 언어들이 빠져들며 더더 부드러워지게

들이쉬면 들이쉴수록 부풀어 오르고

어둠이 잠이 되지 않을 때도 있는 일

부리가 목구멍을 쪼아대는 일

벌려진 입속으로 먹이를 밀어 넣어도 삼키지 못하는 일

내가 모르는 날갯짓이

내부를 조심조심 스며드는 일

비로소 휘어진 부리가 갈구하는

어둠 속에서 상상의 얼어 있는 내 몸을 잠시 잊어버리는 일

고통과 통증의 시적 정동

구모룡

고통과 통증의 시적 정동

구모룡

(문학평론가)

삶은 기쁨, 슬픔, 쾌락, 고통으로 뒤섞인다. 이 가운데 몸과 마음의 상처와 고통은 쉽사리 표현되지 못한다. 특히 몸의 통증은 아주 사소한 것조차 말문을 막는 경우가 많다. 풀잎에 스치거나 벌레에 물려도 그 아픔에 상응하는 말을 찾기가 쉽지 않다. 나아가서 이빨이 탈이 나서 쑤시고 뼈가 부러지는 사태에 직면한다면 온통 고통의 무게에 짓눌리고 만다. 일레인 스캐리가 지적하듯이 몸의 고통은 그 표현 불가능성을 공유 불가능성으로 이어지게 한다. 자기의 고통을 말하기도 힘든데 타자의 고통을 어떻게 이해할 수 있단 말인가? 그만큼 고통은 언어에 저항한다. 그런데 시인은 강요된 침묵에 맞서 고통과 상처를 말하고 이해하려고 애쓰는 사람이다. 그는 말할 수 없는 삶의 고통과 통증을 시를 통하여 표현하고 치유하려는 창조적 의지를 나타낸다.

금지은의 시 쓰기가 예민하게 표현하고 있는 지점은 상처와 고통을 말하려는 의지로 나타나는데, 때론 고통의 질량만큼 명료하고 때론 통증을 넘어서 바깥의 사물을 우회한다. 가령 「염치廉恥」는 "엄지와/ 검지가" 잘리는 매우 직접적인 외상과 치유의 과정을 진술하지만 "엄지와/ 검지를/ 끼웠다/ 부끄러워 울었다// 꼭 맞을/ 때까지/ 아팠다/ 눈물이/ 함정이었다"라고 할 만큼 아픔을 발화하는 언어는 단순한 반복성을 지닌다. 이처럼 언어 이전의 신음과 상실감으로 구체적인 언어로 전이될 수 없는 고통의 몸 경험(felt-experience)이 있다. 그리고 이러한 직접적이고 압도적인 고통에서 벗어날 때 외부의 사물에 투사하는 감응의 언어가 출현한다. 이렇게 하여 안과 밖은 서로 교섭하며 은유의 전이는 심리의 전이와 같아진다.

온몸이
달구어진 가마솥이다
화목병원 응급실,

창밖 벚나무에는 불안의 몽우리들 매달려 있네

길 가던 개가 컹컹컹 짖는다

곧 터지겠다

응급실 전구는 내 혹처럼 단단해 보이고

불면이 쭉쭉 뻗어가는 가지에는

붉은 눈 멍울들

고통은 좁은 길에서 태어나니까

통증은

계절마다 찢고 나오는 불면의 노래였네

의사는 말하네

유행은 해마다 바뀌고

혹은 꽃망울이었다고

살아야겠다는 굳은 결의는 이럴 때 허물어지네

창자 깊숙이 물고 있던 혹은

밤새 튀겨진 불안의

꽃, 팝콘이었네

벚꽃이었네

눈 뜨니 세상이 꽃밭이네

지천에 향기네

　　　　　　　　　　　　　—「벚꽃」전문

　이 시편의 처음은 응급실에 처한 몸을 "달구어진 가마솥"으로 비유하며 시작한다. 시적 화자는 진단을 받기 이전의 불안을 "창밖 벚나무"에 투사하며, 개 짖는 소리가 이러한 불안의 정동을 더하고, 곧 피어날 "몽우리들"의 이미지가 몸의 상태와 겹쳐진다. 개화는 생명의 기쁨이지만 발산하는 불꽃과 같은 죽음을 품기도 한다. 더군다나 화들짝 피었다 지는 벚꽃의 이미지가 더욱 그러하다. 4연에 이르러 몸속의 "혹"이라는 진단을 받으면서 "응급실 전구"가 가장 직접적인 직유로 "내 혹처럼 단단해" 보이고, 벚나무 가지에 달린 꽃 몽우리가 "불면"으로 인한 시적 화자의 "붉은 눈 멍울들"로 치환한다. 이러한 비유적 언어의 현전을 거치면서 시적 화자는 "고통은 좁은 길에서 태어나니까/ 통증은/ 계절마다 찢고 나오는 불면의 노래였네"라는 구절을 얻는다. 고통과 통증이라는 몸 경험을 시적인 언어로 노래한 것이다. 하지만 6연에서 의사의 말은 고통과 통증의 주체에 닿지 못한다. "유행" 혹은 "꽃망울"이라는 표피적 진단으로 우회하고 만다. 이처럼 깊은 공감의 부재가 "살아야겠다는 굳은 결의"를 허물기도 한다. 무엇보다 삶은 고통의 이해와 유대를 통하여 가능하기 때문이다. 고통받는 몸의 경험은 일인칭 주인공의 의식을 벗어나지 않는다. 하지만 인간은 고통의 표현을 통하여 공감하고 연대해야 한다. 고통을 말하는 시인의 시적 표현이 갖는 효용이 이러한 데서 유감없이 발휘된다. 여하튼 인용한 「벚꽃」은 그 결구에 이르러 "창자 깊숙이 물고 있던 혹은/ 밤새 튀겨진 불안의/ 꽃, 팝콘" 혹은 "벚꽃"이라고 표현하고 만다. 일상으로 귀환한 "세상은 꽃밭"이고 "지천에 향기"를 뿜는다. 「골절」의 문법도 「벚꽃」과 유사한 구성을 지닌다. 파헤쳐져 다시 정비되는 "골목길"의 풍경을 "별실"에 있는 골절 환자의 처지와 병치한다. 시간은 더디게 지나가고 낮과 밤은 길게 진행한다. "일 년을 채우고도 모자라/ 아직 기웃거리는 바이러스"가 시공간을 가두는 상황이다. 이처럼 시인은 안팎의 정황을 포착하면서 몸을 지닌 인간의 조건을 표현한다.

금지은은 「근육들 5」에서 시적 화자를 통하여 "나를 읽기 위해 쓰기 시작한 시"라고 자신의 시법의 일단을 고백하고 있다. 그러니까 외부 혹은 타자를 지향하기보다 내부 혹은 자기를 먼저 표현하려 한다. 말 그대로 표현은 안으로부터 밖을 향하는 과정인데, 먼저 "까마득한 먼 길"이지만 스스로 마음의 "중심"을 발견하여 드러내는 일을 찾으려 한다. 물론 내부는 외부의 은유를 통하여 서술될 수밖에 없으며, "수많은 밤을 다시" 쓰고 "밤을 다 읽기 전에/ 하늘을 헤아리고 그 속으로 손을 뻗어/ 어루만지면/ 그 많은 구름이 울음통"이라는 사실을 알게 된다. 내면의 "밤"을 향하거나 외부로 눈길을 돌리더라도 그 사물에 감정 이입하거나 투사하는 주체는 자기일 따름이다. 바깥의 현상이나 상처 난 기억도 존재의 내면 의식으로 수렴하고 환원하는데, 타자가 이러한 주체의 정황을 이해하긴 힘들다.

중앙에서 부풀고 있다
내가 아는 중심은 배꼽인데
현실은 세계무대라니 우리 동네 핫플레이스에서조차
나를 모른다

나를 읽기 위해 쓰기 시작한 시가
쓰레기통으로 처박히던 날
수많은 밤을 다시 쓰기 시작했지
밤을 다 읽기 전에
하늘을 헤아리고 그 속으로 손을 뻗어
어루만지면
그 많은 구름이 울음통이라니

…(중략)…

태풍이 부는 밤이라고 일기예보에서 말하는데
내리치는 천둥이 가슴을 때리고 있는데

오늘은 온몸을 열어 비 내리는 날의 천둥을 맞을래
중심을 발견하였지만 내겐 까마득한 먼 길이라

벼락 맞은 떡갈나무로 쓰러져 있으면
나를 알아줄지도 모르지

중심이라고

— 「근육들 5」 부분

이처럼 외부의 자연 현상은 내부를 충격하는 말로 전이된다. 그만큼 존재의 중심은 아득하고 앞서 "울음통"이라는 비유가 말하듯이 심각하다. "벼락 맞은 떡갈나무"처럼 "쓰러져 있으면" 타자들이 이해할지도 모를 일이지만 시적 자아의 "중심"은 불가해한 심연에 가깝다. 그리고 시인은 이를 말하고자 한다. 무엇보다 삶이라는 모독과 통증을 표현하려는 의도가 먼저라는 말이며, 이를 같은 연작 시편의 첫머리에 놓인 「근육들 1」에서 "한때, 이별을 경험한 나는/ 아직도 해독되지 않는 문장을 쥐고 있다"라는 구절로 표명한 바 있다. 상처와 고통으로 "내 한쪽에/ 몽돌"로 박힌 "거뭇한 몽돌의 몸돌" 혹은